Copyright © 2001 by Michael Neugebauer Verlag, an imprint of NordSüd Verlag AG, Zürich, Switzerland
First published in Switzerland under the title *Mama ich hab dich lieb*
Spanish translation © 2007 by North-South Books Inc., New York

First Spanish edition published in the United States and Canada in 2007 by Ediciones Norte-Sur, an imprint of NordSüd Verlag AG, Zürich, Switzerland. Distributed in the United States by North-South Books Inc., New York.

Library of Congress Cataloging-in-Publication data is available.

ISBN-13: 978-0-7358-2157-6 / ISBN-10: 0-7358-2157-7 (paperback edition)
10 9 8 7 6 5 4 3 2 1
ISBN-13: 978-0-7358-2158-3 / ISBN-10: 0-7358-2158-5 (library edition)
10 9 8 7 6 5 4 3 2 1

Printed in Belgium

www.northsouth.com

por Christophe Loupy

Abrazos y besos

ilustrado por Eve Tharlet

traducido por Queta Fernandez

EDICIONES NORTESUR

NEW YORK

Una mañana, el perrito Abrazos se despertó temprano. Su mamá, su papá y todas sus hermanas dormían todavía. Salió de puntillas sin hacer ruido. Había algo que tenía que averiguar.

—Buenos días —dijeron dos patos en el estanque—.
¿Qué haces por aquí tan temprano?
—Tengo que averiguar algo —dijo Abrazos—.
¿Podrían, por favor, darme un beso?
—¿Un beso?— dijeron los patos con un cuac—.
Por supuesto. ¿Dónde quieres el beso?
—Aquí —dijo Abrazos tocándose la mejilla.

Los patos salieron del agua. Cada uno le dio a Abrazos un beso: uno en la mejilla derecha y otro en la mejilla izquierda.

Abrazos cerró los ojos y sonrió. ¡Nunca antes lo había besado un pato!

Los besos de los patos eran un poquito duros, pero, sin duda, refrescantes.

Abrazos les dio las gracias y continuó su camino.

Abrazos vio un caballo en la pradera.

—Buenos días —le dijo.

—Buenos días —le respondió el caballo—. Qué bueno que me visitas.

—Quería saber —dijo tímidamente Abrazos— si podrías, por favor, darme un beso.

—¿Un beso? —relinchó el caballo.

—Sí, aquí mismo —dijo Abrazos señalándose la frente.

El caballo agachó la cabeza
y le dio un beso grande.
Abrazos cerró los ojos y sonrió.
¡Nunca antes lo había
besado un caballo!
El beso de un caballo era
húmedo y pegajoso, pero
realmente cariñoso.
Abrazos le dio las gracias y
continuó su camino.

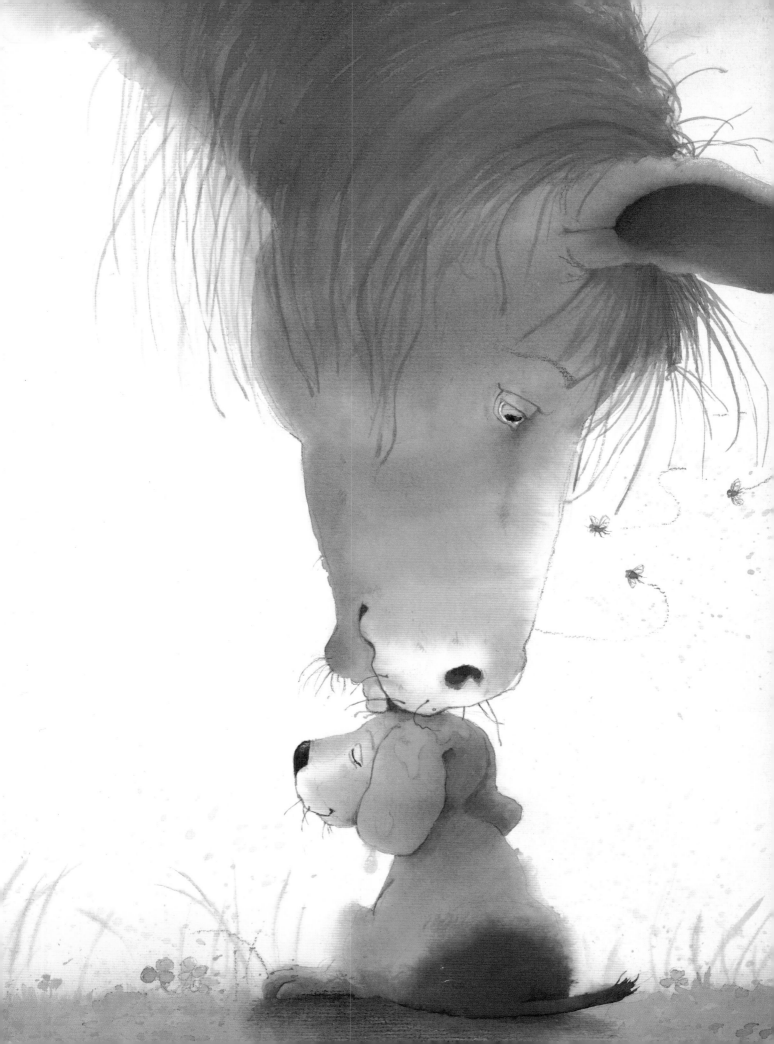

No muy lejos, el perrito se encontró con un cerdo
revolcándose en el lodo.

—Buenos días —saludó.

—Buenos días a ti —contestó el cerdo—. ¿Qué haces
por aquí, solo?

—Tengo que averiguar algo —dijo Abrazos—. ¿Podrías,
por favor, darme un beso?

—¿Un beso mío? —gruñó el cerdo.

—Sí, aquí mismo —y se puso una patita en la nariz.

El cerdo salió del lodo y le dio un beso en la mismísima punta del hocico.

Abrazos cerró los ojos y sonrió. ¡Nunca antes lo había besado un cerdo!

El beso de un cerdo era rasposo y los bigotes arañaban un poco, pero estaba lleno de ternura.

Abrazos le dio las gracias y continuó su camino.

Abrazos llegó junto a la verja de un jardín. Vio un conejo entre los tallos de maíz.

—Buenos días —dijo.

—¿Qué haces por aquí tan lejos de tu casa? —le preguntó el conejo.

—Tengo que averiguar algo —dijo Abrazos—. ¿Podrías, por favor, darme un beso?

—¿Quieres que te bese? —dijo bajito el conejo.

— Sí, aquí mismo —Abrazos se tocó el cuello.

El conejo se le acercó dando saltitos y lo besó en la piel arrugada.

Abrazos cerró los ojos y sonrió. ¡Nunca antes lo había besado un conejo!

El beso de un conejo era rápido, tembloroso, pero muy, muy suave.

Abrazos le dio las gracias y tomó el camino de regreso a casa.

En el camino se encontró con una mariposa amarilla.

—Buenos días —dijo.

—Buenos días, buenos días —aleteó la mariposa al viento—.
¡Has estado fuera de casa por mucho tiempo!

—Voy de camino a casa —dijo Abrazos—, pero primero,
¿podrías darme un beso?

—¿Yo, darte un beso?

La mariposa cerró sus alas.

—Sí, por favor, dame un beso aquí —Abrazos se tocó la
boca.

La mariposa se posó suavemente en la boca del perrito y le dio un beso. Abrazos cerró los ojos y sonrió. ¡Ay, qué dulce el beso de una mariposa! Abrazos nunca había sentido algo igual. Le había hecho cosquillas, pero fue simplemente maravilloso. Abrazos le dio las gracias de todo corazón y se apresuró a regresar a casa.

Su mamá, su papá y sus hermanas lo estaban
esperando.

—¿Dónde has estado? —le preguntó la mamá—.
Estábamos preocupados.

—La mañana estaba muy linda y no podía dormir.
Y había algo que tenía que averiguar.

—Dime, pequeñito, ¿qué era tan importante? —le
preguntó la mamá acariciándolo con el hocico y
dándole un beso grande.

—¡Eso es! —exclamó Abrazos—. Ahora lo sé:
el beso de un pato es refrescante,
el beso de un caballo es cariñoso,
el beso de un cerdo es tierno,
el beso de un conejo es suave,
el beso de una mariposa es maravilloso…
pero el mejor beso de todos, mamá, es el que tú me das.